UNA PIEDRA INMÓVIL

BRENDAN WENZEL

OCEANO Travesía

Hay una piedra inmóvil
junto al agua, la hierba y el barro,

y es como es,
dondequiera que esté.

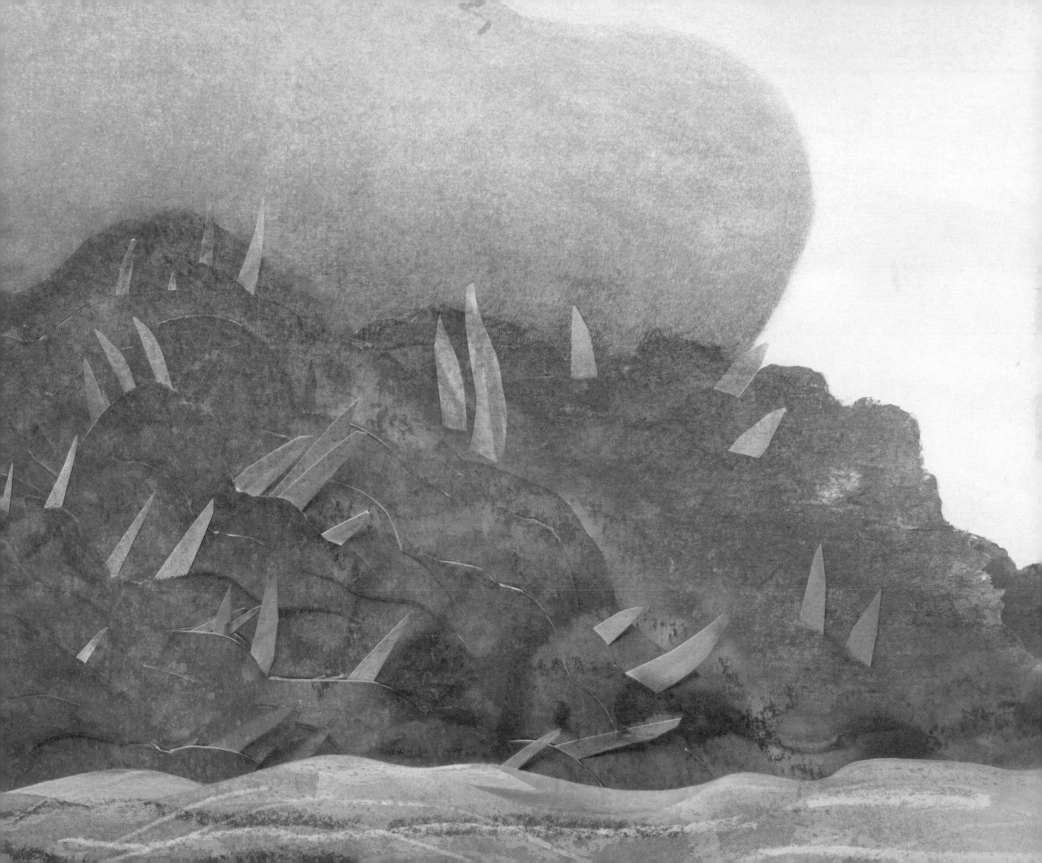

Y la piedra es oscura

y la piedra es brillante

y la piedra es sonora

y la piedra es serena.

Y está inmóvil donde está,
junto al agua, la hierba y el barro,

y es como es
dondequiera que esté.

Y la piedra es áspera

y la piedra es lisa

y la piedra es verde

roja

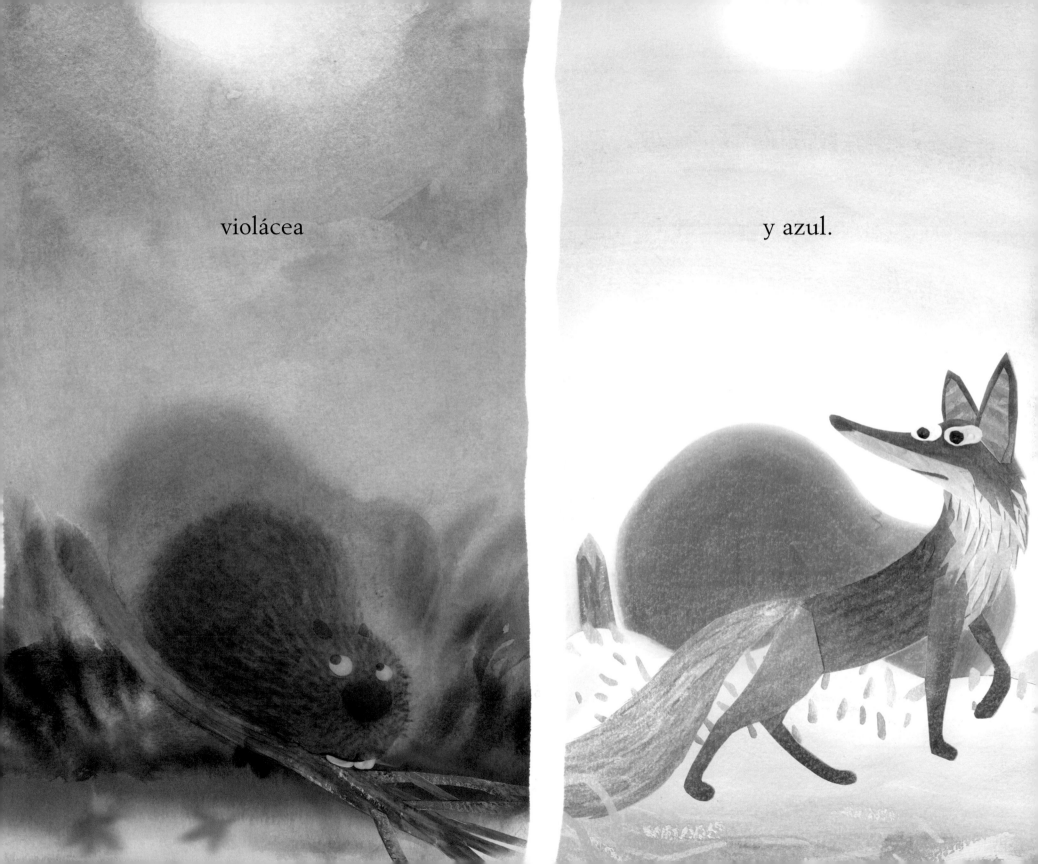

violácea

y azul.

Y la piedra es un guijarro

y la piedra es una colina

y la piedra es una sensación

y es un olor

y está inmóvil donde está,
junto al agua, la hierba y el barro,

y es como es
dondequiera que esté.

Y la piedra es agreste

y la piedra es hogar

y la piedra es fogón

y la piedra es trono.

Y la piedra es señal

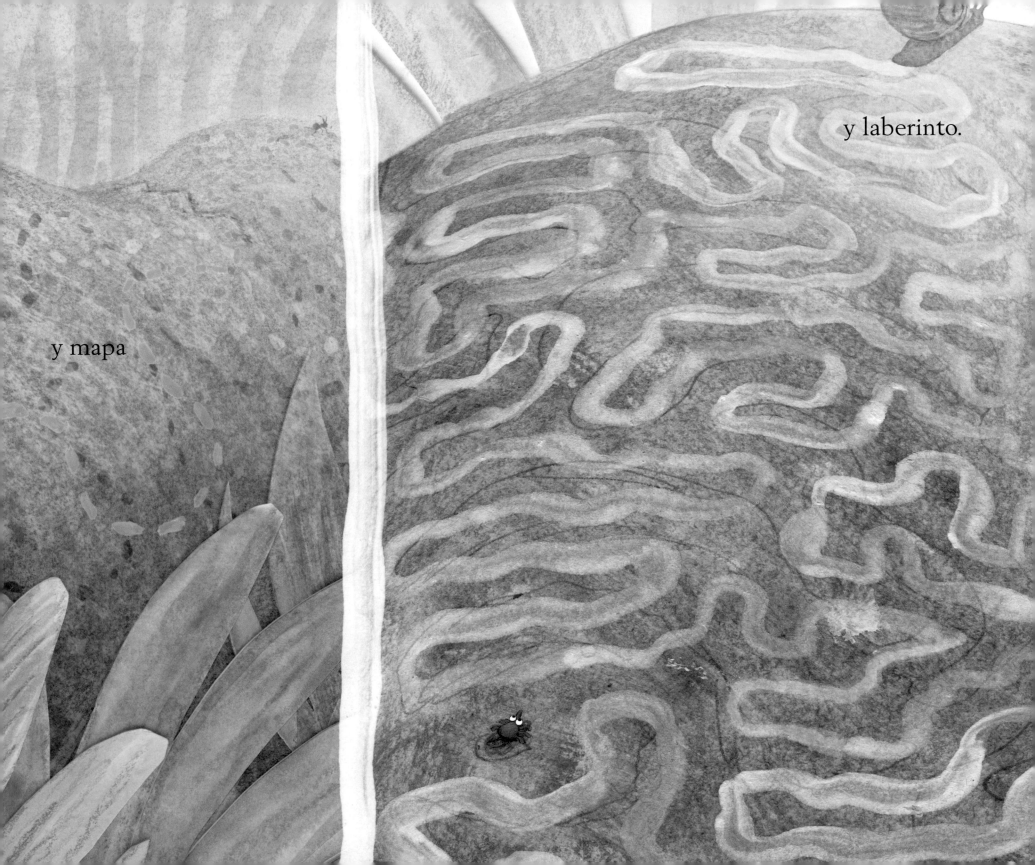

y mapa

y laberinto.

Es un peligro,   un refugio,

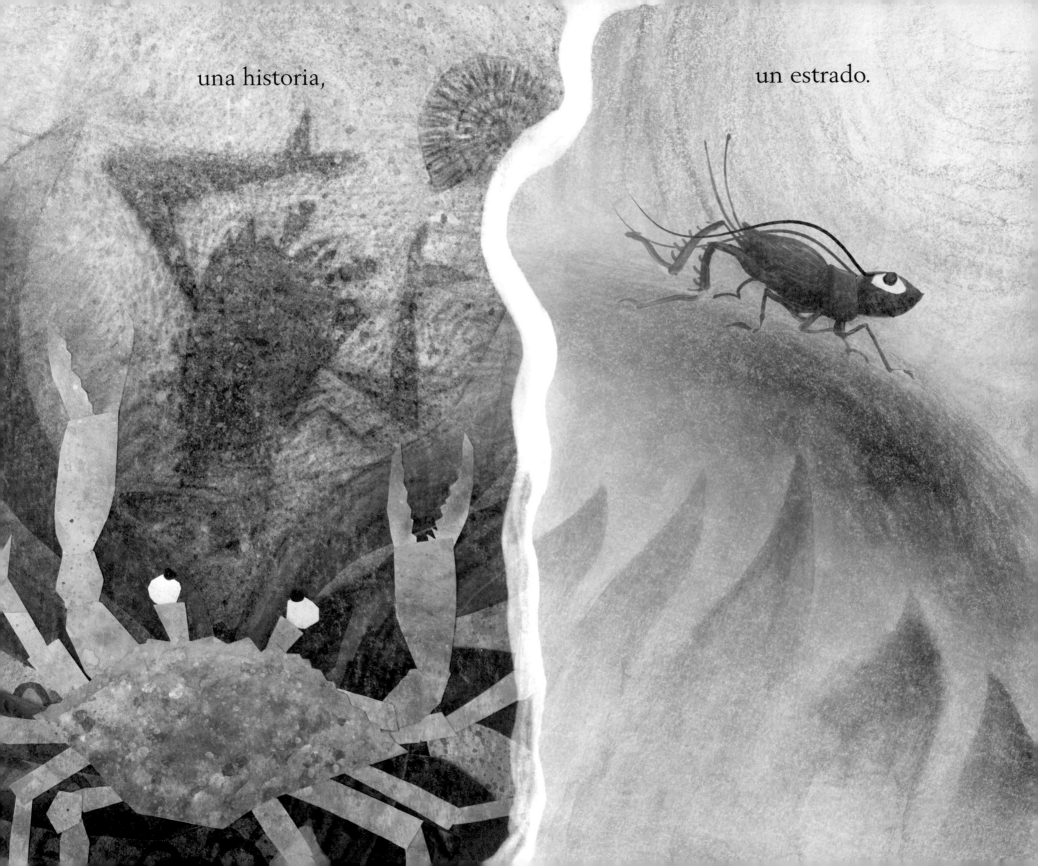

una historia,

un estrado.

Y la piedra es instante

y la piedra es eternidad.

Y la piedra es una isla

y la piedra es una ola

y la piedra es un recuerdo

y la piedra siempre está.

¿Conoces algún lugar donde,

junto al agua, la hierba y el barro,

haya una piedra inmóvil?

Para Ophelia y Kallisti

Una piedra inmóvil

Título original: *A stone sat still*

© 2019 Brendan Wenzel (texto e ilustraciones)

Originalmente publicado en inglés por
Chronicle Books LLC., San Francisco, California

Las ilustraciones de este libro se realizaron con
diversas técnicas que incluyen papel recortado, lápices
de colores, pasteles, marcadores y arte digital.
La tipografía es Berling

Traducción: Laura Emilia Pacheco

D.R. © Editorial Océano, S.L.
Milanesat 21-23, Edificio Océano
08017 Barcelona, España
www.oceano.com

D.R. © Editorial Océano de México, S.A. de C.V.
Homero 1500-402, col. Polanco
Miguel Hidalgo, 11560, Ciudad de México
www.oceano.mx
www.oceanotravesia.mx

Primera edición: 2020

ISBN: 978-607-557-146-1

IMPRESO EN CHINA/*PRINTED IN CHINA*